기획의 말

그리운 마음일 때 'I Miss You'라고 하는 것은 '내게서 당신이 빠져 있기(miss) 때문에 나는 충분한 존재가 될 수 없다'는 뜻이라는 게 소설가 쓰시마 유코의 아름다운 해석이다. 현재의 세계에는 틀림없이 결여가 있어서 우리는 언제나 무언가를 그리워한다. 한때 우리를 벅차게 했으나 이제는 읽을 수 없게 된 옛날의 시집을 되살리는 작업 또한 그 그리움의 일이다. 어떤 시집이 빠져 있는 한, 우리의 시는 충분해질 수 없다.

더 나아가 옛 시집을 복간하는 일은 한국 시문학사의 역동성이 드러나는 장을 여는 일이 될 수도 있다. 하나의 새로운 예술작품이 창조될 때 일어나는 일은 과거에 있었던 모든 예술작품에도 동시에 일어난다는 것이 시인 엘리엇의 오래된 말이다. 과거가 이룩해놓은 질서는 현재의 성취에 영향받아 다시 배치된다는 것이다. 우리는 현재의 빛에 의지해 어떤 과거를 선택할 것인가. 그렇게 시사(詩史)는 되돌아보며 전진한다.

이 일들을 문학동네는 이미 한 적이 있다. 1996년 11월 황동규, 마종기, 강은교의 청년기 시집들을 복간하며 '포에지 2000' 시리즈가 시작됐다. "생이 덧없고 힘겨울 때 이따금 가슴으로 암송했던 시들, 이미 절판되어 오래된 명성으로만 만날 수 있었던 시들, 동시대를 대표하는 시인들의 젊은 날의 아름다운 연가(戀歌)가 여기 되살아납니다." 당시로서는 드물고 귀했던 그 일을 우리는 이제 다시 시작해보려 한다.

기획의 말

그리운 마음일 때 'I Miss You'라고 하는 것은 '내게서 당신이 빠져 있기(miss) 때문에 나는 충분한 존재가 될 수 없다'는 뜻이라는 게 소설가 쓰시마 유코의 아름다운 해석이다. 현재의 세계에는 틀림없이 결여가 있어서 우리는 언제나 무언가를 그리워한다. 한때 우리를 매혹케 했으나 이제는 읽을 수 없게 된 옛날의 시집을 되살리는 작업 또한 그 그리움의 일이다. 어떤 시집이 빠져 있는 한, 우리의 시는 충분해질 수 없다.

더 나아가 옛 시집을 복간하는 일은 한국 시문학사의 역동성이 드러나는 장을 여는 일이 될 수도 있다. 하나의 새로운 예술작품이 창조될 때 일어나는 일은 과거에 있었던 모든 예술작품에도 동시에 일어난다는 것이 시인 엘리엇의 오래된 말이다. 과거가 이룩해놓은 질서는 현재의 성취에 영향받아 다시 배치된다는 것이다. 우리는 현재의 빛에 의지해 어떤 과거를 선택할 것인가. 그렇게 시사(詩史)는 되돌아보며 전진한다.

이 일들을 문학동네는 이미 한 적이 있다. 1996년 11월 황동규, 마종기, 강은교의 첫 시집들을 복간하며 '포에지 2000' 시리즈가 시작됐다. "생이 덧없고 허기질 때 이따금 가슴으로 암송했던 시들, 이미 절판되어 오래된 명성으로만 만날 수 있었던 시들, 동시대를 대표하는 시인들의 젊은 날의 아름다운 연가(戀歌)가 여기 되살아납니다." 당시로서는 드물고 귀했던 그 일을 우리는 이제 다시 시작해보려 한다.

붉은 구두를 신고 어디로 갈까요

문학동네포에지 055

안정옥 시집

붉은
구두를
신고
어디로
갈까요

개정판 시인의 말

첫 시집과 다시 부딪치는 일은
그때의 몸에 늙은 몸을 우그려 넣어본다는 것

나를 교활하게 사용하기만 해왔으니
그런 내가 처음과 다시 마주하는 건
조금이라도 만회할 기회를 얻어내려는 의도

시작은 늘 그럴듯하다.
나머지도 비슷하게 갈 수 있으리라는 다짐,
그걸 오래 잃지 않으려 첫 시집 그대로
손대지 않았다. 나는 어쩔 수 없이 나니까

억지로 표현하자면, "첫"이라는 모든 상황은
내겐 늘 부대끼지만 마음으로 치면
제법 대물(大物)이다.

2022년 9월
안정옥

차례

시간의 강물에 그물을 담갔네

강둑에 앉아 반나절
시간의 강물에 그물을 담갔네
발끝에 묻어온 아집 풀밭에 비비고
도심에 가득한 질투 그걸 마시고
공기로 마셔
내일쯤은 난쟁잇과의 꽃이 되어
씨 날리며 뻗어오를 것을
감지하네
어제의 답답했던 일 걸러내며
그저 강물만 보내면서 보내면서
며칠 전의 몇 해 전의 누군가가
답습했을 마음 날리고
단지 정물이 되어
바라보는 모든 것은 부시게
아름다워
아름다운 그 눈으로
일어서서 도심으로
더러운 도심으로 돌아가
한번 더 아름답게 바라볼 것이네

쎄울 쎄울

도망치듯 떠나는
그러지 않고는 쎄울을 버릴 수가 없다
풀들이 마주하며 강물은 유유히 흘러
멀리 갈수록
나는 먼지로 쎄울의 어디를 흩날리고 있을
내 공간을 연연해한다
남원에서의 설친 하루
내게로 오고 있는 사람 나를 버리고 가는 사람
쳐다보며
나는 아무래도 나를 찾고 있는 것 같다
거리는 찬바람이 들썩이고
오늘의 변사또들이 리어카에서 꽃 한 뭉텅이를 사
어디론가 사라지면
중앙동은 텅텅 빈다
전주에서의 둘째 날
느슨한 아침
나는 쎄울을 아주 버리고
창가에서 짙은 커피를 마시면 졸부가 된다
바삐 걸어가는 사람들을 우습게 바라보며
후딱 치워버린 전주비빔밥에 미련 갖고
느릿느릿 걸어간다
이곳저곳
동냥질로 해는 걷히고
아침이면

쎄울은 남의 것 같고
길은 하나
나는 포복을 하여 포복을 하여
쎄울로 기어들고
마약 같은 쎄울
나는 마약을 삼킨다
으악 쎄울

달천의 물고기가 내게 말하려는 것은

어른 아이들 달천으로 내려가서
물고기가 되는 걸 보았다
여름 해는 이내 가버리고 그들은 남아 투망에 어둠 걸러
돌아서던 둑방
다음날부터 나는 낚시 도구를 들고 나섰다
내 손안에서 파닥거리는 살아 있음
살아 있는 것은 그처럼 부드러워
현리로 초월리로 빠져
돌아오기 싫은 일요일 몇 마리 물고기 끌고 오면
사나흘 지나 죽어가고 다시 썩어가는 걸 보았다
나는 돌아섰다 무엇이 질리게 하였던가
그래도 남아 있는 여름 고기들을 죽이고
물고기가 물이 되는 걸 보며
가을을 내어주고 혹한으로 낚시 도구를 창고에 거두며
창밖 저쪽 눈발이 우왕좌왕할 때 다시 물고기를
생각했다
손안에서 파닥거리던 물고기들이 내게 말했음을
수없이 수없이 수없이
겨울을 몸져누워도 내 손안에 살아 있던 물고기의
퍼덕거림
어디에고 버려둘 수 없었다

잔디밭에 들어가지 마시오

당신과 나 모든 짐승들마저 지금 당장
풀밭에 들어가야 할 까닭이 있다
우리는 풀밭을 너무 오래 떠나 있어
고궁의 뜰 혹은 풀밭에 슬쩍 들어가려
휴일마다 서성이고 있다
아이들은 빠르게 들어가 뒹굴며
온몸에 냄새를 바르고 그 냄새에 끌려
풀과 섞는 법 잊어버린 어른들은
풀만 만지작거리고 있다
풀잎 가득한 몸으로 집에 들어서던 저녁
피리로 불던 풀의 떠는 소리
그런 것을 생각하던 어른이 그때로
착지하려는 순간
장대 같은 호루라기 소리
얼굴 붉히며 돌아서서 언제든 시간 나면
부드럽던 풀밭에 다시 오리라
힐끗 돌아본다

노화읍의 바람

단숨에 완도에 다다르며 그것도 여행이라고
흥얼거렸으니
배를 타고 갑판 위에서 바람 탓에 말도 못하고
지금에사 세월은 잠시라지만 그때는 길고 길어
남해라고 불렀다
활엽수로 덮고 있는 섬들이 층층이 자라
가다보면 너도 한 섬 나도 한 섬 뜨고
바다에 기대어 무심하게 걸리는 곳 보길도
보길도에 내려 둘러봐도 찾을 사람 없고
세연지 주위에는 동백꽃이 눈시울 붉어
돌아가지 못하고
마주보이는 노화읍으로 가
커피도 마시며 찬밥도 몇 술 들고
갈 곳도 할일도 없어 바닷가를 어슬렁거린다
섬은 그 누구도 받아들이지 않고
수시로 가로막으며 조여오는
어둠도 두려워 독방에 쪼그리고 앉아
떠나지 못한 벌에 시달린다
밤새 망나니바람은 산발을 하며
화들짝 놀라 새벽 배 혼자 갈까 헉헉 뛰니
노화읍의 바람이 징하게도 들러붙어
지척에서 배는 떠나고
소리 삼키며 원망해도 배 떠난 뒤
공연히 골목을 들락거리며 바람 욕하고

늦은 배에 실려가며 고개 돌리면
부르는 소리 바람은
삼백 몇십 년 전의 물살이 손에 닿을 듯
어촌 두어 집이 안개 속에 들락날락*
고산의 시구가 줄줄 풀어지고
멀리 보길도가 따라나서며 귀 밝혀
돌아보면 동백꽃 붉게 산언저리 누군가의 열녀문이
서러워
길고 긴 남해에서 풀어주면서 말하라 한다
먼지 뒤집어쓴 오늘의 상소를

* 고산의 「어부사시사」 중에서.

붉은 구두를 신고 어디로 갈까요

거리에서 화려한
눈이 부시도록 화려한 구두를 보면
나는 부끄러워진다 많이
그날은 붉은 구두를 사가지고 왔다
이제 구두는 들어갈 곳이 없었다
나는 구두에게 계속 관측당하고 있었다
결정하기 힘들 때 검은 구두를 신고
사람이 많은 곳에 나를 버리고 간다
그 남자를 차단하고 싶으면 보라색 구두를 신고
공원으로 간다
내 자신이 한때 천박했음을 생각하면 주황색 구두를
끌고 어슬렁거린다
자꾸 아파오면 붉은 구두를 신고 아버지 집으로 간다
아직 미정일 때 나는 노란 구두를 신고
산에 앉아 시간을 본다
전생에 사탄이 아니었을까 녹색 구두를 신고
골목골목을 두리번거린다
누군가 나를 치켜주면 흰 구두를 신고 거리로 나선다
거리는 콤플렉스의 광장
크고 작고 몸 어딘가에
가시 하나 감추고
데리고 끼고 끌고 엎고 찔리고
뒤집으면 있다 보인다
낮달처럼 있다 나는

아직도 찢어진 운동화를 신고 있다
누가 볼까봐 어제도 새 구두를 사고
오늘도 새 구두를 산다
나는 화려한 구두를 보면 여기저기 아프다
집으로 가고 싶다

유월 유채꽃

유월 엎질러진 유채꿀을 핥으며
나는 유채꽃이 되었다
꽃은 바람이 세찰 때
내게 누운 꽃 쓰러진 꽃 무더기 꽃으로 있다가
바람이 없을 때 꽃으로 남는다
나는 유채꽃이면서 늘 유채꽃을 바라보는 게 좋았다
사람은 꽃만 열심히 보고
꽃과 꿀을 말한다
어제의 꽃은 오늘의 꽃이 아니듯
오늘의 꽃은 내일을 알 수 없으며
멀리서 보는 꽃은 한결같아
몇 송이 꺾으려 허리 굽히면
꽃들은 무수히 흔들리고
제각기 흔들며
나는 그런 유채꽃이며 비 멈추고 있는 물
멈추고 있는 물 아니면 스치는 모든 꽃
그 어느 것과 나는 호흡이 같아
그들과 나는 한 부분

잠실 철교

낮은 도시, 버터워스의 차이렝 파크 10번가
까마귀와 개, 골목길의 고양이들
사람보다 많은 짐승들과 부딪치며 사는
말레이시아의 서쪽 버터워스에서
통치국 시인의 피파의 노래가 어울리던 열대,
열대의 냄새들
오킷꽃 향내로 열리는 아침
『코란』의 찬송이 울리면
아침 시장 길에 방목의 소들이 줄짓고
노천 식당에선 어른들 아이들 호키엔미와 프림 탄 홍차
카레 뿌린 안남미 밥을 바람처럼 들이켠다
그때쯤이면 해는 불을 지펴 습기 없는 열기로
사람들은 숨어버려 거리는 빈다
한낮은 백 촉 전등을 몇백 개 켠 듯 부셔가고
가위 쩔꺼덕거리는 국수 장수가 동네를 돌며
정적을 흔든다
『코란』의 저녁 예배 노래하듯 명령하듯
목청 돋워 퍼지며 우습도록 길쭉한 초승달 솟아나
벽에 붙은 도마뱀 새끼들 청승맞은 울음소리
밤늦어 서울은 어딘가

일요일, 사월은 우기다
울렁거리는 바다
유배지 같은 버터워스를 벗어나 페낭섬으로 가는

페리보트 안
사람들은 하이비스커스꽃처럼 붉다
입술 모양의 산 아래 몇 개의 공사장 파일들이 꿈같이
흔들린다
한국 근로자 몇이 죽어서 파일 위에 어두운 그림자들이
서 있는 듯 보인다
기울어진 콤타르 건물 관광객들의 기웃거림
야자수의 긴 터널
그늘 아래 반쯤 잠든 말레이 남자의 치마
말을 타고 가는 영국인 뒤로 느릿느릿 걸어가는
식민지 시절의 말레이 사람들을 떠올리며
더러운 중국 식당에서 맥주를 마신다

버스 종점의 갈색 바다
터번을 두른 인도인 서넛이 반원의 흰 모래밭을
날아오듯 하였다
돌아서는 내 날갯죽지를 비트는 해가 잠시 보이고
놀람으로 모든 것 검어가던 원색이 기괴하게 칠해진
늙은 나무 옆 낡은 집
검은 우상의 머리에 흰 꽃덩어리들
발밑에 꽃들이 어지럽고
매캐한 향과 인도인의 벗은 몸통
난무하는 검은 페인트 줄
주문에 걸려 절망의 눈을 가진 그 여자를

보고 있었다

낯모르는 남자를 싣고
푸른 자동차로 잠실 철교를 달리면
시동이 꺼지던 잠실 철교
남자는 내리지 않고 내 어깨를 잡는다
그의 몇 마디 숨은 말
절망의 눈을 가진 여자가 무언가 벗어나려던
오후, 여자는 울고
줄지은 차들의 경적 소리는 주문처럼 커지고
수양버드나무 흰 꽃가루들이 가득한 공기 속을
치마로 온몸을 가린
여자가 사라져가는 걸 보고 있다

꽃다운

오늘 문득 생각했지요
몇 년 전에 나는 어디서 무엇을 하고 있었던가를
그때가 꽃다운 나날이었는데 혀를 차다가
몇 년 후에 혀를 차고 있을 지금을 헤아리면
지금은 분명 꽃다운 날이겠지요
그렇게 생각하면 사는 나날이 꽃다운데 그것도 모르고
내게서 이미 가버렸다고 믿고는
어려서 누군가 꽃다웁다고 하면 흘려버리고
이제 꽃다웁다고 말해주지 않는데 불현듯 나는
꽃 지는 이 가을에
꽃같이 아름답고 꽃 같은 향기에 빠져
거처가 없는 힘센 사랑 쑥쑥 자라더니
더는 들어서지 못해
제 몸을 밀치며 제 몸을 밀치며
이 떨림을 달래려
꽃 지는 가을 공원으로 갔지요
몸이 잠겨 실눈을 뜨고 햇살을 마주하니
피곤이 몰려와
몸을 뒤틀면 두두둑 타개지는 소리 그렇지요
좋을 때는 짧아서 가을 해도 짧고 공원은 텅 비고
그렇게 사라져가는 것들을 그리워하며
나날이 새로웠는데
나날이 꽃다웠는데 듣지 못하고 보지 못하고 나는
꽃 지는 가을에 불현듯 귀를 세우고

오늘 이 쓸쓸한 사랑을
오래오래 묵혔다가 내게 어떻게 다시 찾아오는지
기다리지요

섬서구메뚜기

박물관의
잔디밭에는 섬서구메뚜기가 한 마리 더 등에 업고
몇 겹을 뛰어 풀섶으로 사라진다
그 사이에 내가 있다
우리는 어떤 관계인가
밝혀보면
어느 것은 같게 또는 막연하게 서너 줄 설명을 붙여
태연하게
시간이 삭아내리는 유리 안에서 앉거나 기우뚱하며
오늘에 잠겨 있다 오늘도 과거!
과거는 일어나 깨진 토기 술잔에 곡주를 따르고
구리거울 속으로 들어간다
깊이 들어갈수록 길은 탁하여
섬서구메뚜기,
패망의 한때를 죽은 때를 시름을
나도 건너뛰어 다니다가
내 것인 내 것 같은
왕비의 어금니 하나로 멈춰 있다 나는
더 비껴서며 더 구석으로 몰려 숨도 못 쉬고

꽁치

두 여자가 카페에서 커피를 마시고 있다
누구일까 꽁치 굽는 냄새를 흘리고 있는 사람은
그들은 그곳을 나와 꽁치를 찾았다
대낮 종로 거리를 기웃거리다
세운상가 골목에서 만난 지저분한 백반집
공사판 인부 몇 사람이 우거지국을 후루룩거리고
구석에 앉아 두 여자는 꽁치를 기다린다
묵은 김치에 낡은 숟가락 그래도 꽁치는 살아 있다
사람들은 밥과 옷을 흘깃거렸고
여자는 허기로 잦은 젓가락질을 하고
트림을 하며 걷던 그들은 어디로 갈지 속삭인다
오늘 이 허기를 비린내 풍기며
누구에게 돌아가 말할 수 있을까
경적 소리에 생각은 뚝뚝 끊기고
서로 웃음으로
낙서 그득한 문 앞에 서 있다
검은 밥에 꽁치를 정신없이 먹던
어디선가 꼭꼭 씹어 먹어라 소리도 들리고
말하던 그 사람 이 세상에는 없어
명절이 되어야 잘 먹고 잘 입던
이제 눈물도 별 희망도 없는 그들이
목 내밀고 뚫어지게 보고 있다

백합

1

나, 오늘 그를 질식시키고 싶다

2

퇴근해 돌아올 버스 정류장에서 여자들은 백합으로
핀다
우산을 받치고
남자가 내리면 푸른 줄기들 몸밖으로 뻗어나
아침에 떠나면 죽어서 낮 동안은 죽어버린
여자들은 더불어 있는 줄 알았다
남자들은 일에 탕진하고
여자들은 그들 이름을 아이에게 건네주었다
아이가 자라는 건 보여도
어른들이 쇠잔해가는 건 보이지 않았다
어느 날은 거부였고 어느 날은 찢어지게 궁핍했다
아이가 말을 할 때 여자는 문이 없어진 걸 알았다
거리는 막혀 있고 편지는 늘 되돌아왔다
낫이 끊긴 날은 거미줄에 숨은 거미가 되어
서로 껴안으며 흘리는 말들을 주워담았다
고여 있는 것은 무거워 들 수 없는 무게를
여자는 전전긍긍하고
멀리서 남자는 배부른 호강이라고 말했다
출렁거리는 여자는 간통을 즐기고
쇠고랑을 차면서 이것으로 세상의 죄는 감했소

놓아주오
유리창을 열면 사람들은 차가웠고
여자는 기우뚱거렸다
그 누구도 그는 아니었다
여자는 독 가득한 채마밭의 꽃으로 연명하고 있었다

네발로 길 때 가장 편안하다

무거운 옷 던져버리고
아무 곳에나 방뇨하며
알아들을 수 없는 말 중얼거리며 네발로 기는
이제는 거의 사라지고 우리 몸에 조금 남은
덜떨어진 사람들에게만 숨어 있는
퇴화의 꼬리 감추고
빌딩 사이 잘 다듬어진 사무실에서 입 다물고 있다가
잘나고 어깨 큰 사람들 지나가면
이 구석 저 구석에서 하나둘 고개 떨구고
돌아가지 못하는
독주로 달래야 할 마음 남겨두고는
아무도 일어서지 못해
짐승 소리 커지고
울음 뚝뚝 떨어지는
누가 갇혀 있는 것인지 넓은 밤은 표가 나지 않아
그들은 다시 자리 털고
미끄러지듯 깊이 숨을 곳을 찾아 나선다
다시 갇혀
남의 마음까지 어루다가
마음 멀리 보내다가
도로 가져와
독주가 그들을 안고
독주가 사람이 되어
같이 울어버리면 독주는 그만 가라고 한다

흔들리며 일어서면 그들은 네발로 긴다
네발로 기며 푸른 숲으로 푸른 숲으로 가고 있다

겨울 삽교호

바람 바람
겨울 삽교호는 얼어서 단단했고
제방 위에 포장집들 바람에 쿨럭이며
사람들은 앉거나 서서 멍게 안주로 소주를 마시면
멍게는 그대로 있고 바람만 삼켰다
포장집 사이로 위쪽은 바다
부서지는 바다에서 바람은 왔고
바람으로 삽교호는 숨이 막혀가고 있다
몸은 삽교호에 두고 기웃거리는 건 바다
모두들 그랬다
바람에 밀려 그 손톱만큼의 겨울 낭만 탓에
덜덜 떨며 사람들은 걷고 걷는다
삽교호가 끝나는 곳에서 슬그머니 돌아본다
바다가 찢어진 한 귀퉁이에
겨울이 동태되어 잠시 즐긴 손톱만큼의 낭만을
손바닥 안으로 감추고
그제야 낭패감으로 바람을 둘둘 말고 서서
사람의 손으로
강이 바다로 가는 줄을 묶어 불임의 길을 만들어버린
그 길로 뒤뚱거리며 다가오는 사람들을 바라보며
고개를 돌리고
사람들은 금성 쪽으로 가든지 안동 쪽으로 가든지 하였다

젊은 그대

많은 남자 중에 당신은 내게 반사되고
나는 당신에게 반사되어
달착지근한 상상 버려두고 우리는 끝났다고 했지
끝남이 살아서 오늘 그대는
젊은 그대는 검은 코트를 입고
나를 보내거나 명동의 주점에서 인생은 어쩌고저쩌고
인생은 이십 년 지난 지금도 어쩌고저쩌고가 아닌데
명동 길을 쫓기듯 걷다 젊은 남자와 부딪치면 나는
나의 두근거림은 발자국이 되어
젊은 그대가 되어
가까이 오고
나는 천천히 걸으며
그가 가까이 오길 기다리고 있다
더욱 천천히 가면서
더욱 천천히 가면서 돌아본다
내게 안겨드는 건 차가운 바람 차가운 겨울바람
나는 돌아서서
이십 년 뒤에 선 나를 흔들어 깨우며
내가 참, 언제 인생을 알 거야?
다시 한번 지금도 인생은 어쩌고저쩌고일 거야 하며
이십 년 앞서가고 있다
젊은 그대는 검은 코트를 입고 이십 년 뒤에서
나를 바라보고 있다

서울 입성

변두리에서 더 갈 곳이 없자
우리는 서울에 버림받아 임시라며
경기도에 짐을 풀고 마음을 풀자고 했다
한동안은 수시로 서울로 들어가 미적거렸다
일 년이 지나면서 그곳에서도 할 일이 많아졌다
그래도 서울은 그리웠다
아이가 생기고 서울로 갈 날은 더욱 까마득해
이제는 경기도 시민이 될 거라고 다짐하다가도
서울 서울로 시작되는 걸 보면 병은 다시 재발되었다
들러리로 끝난다는 것은 견딜 수 없어
먹고 자는 것만 마음 쓰며 그 외는 생각이 없었다
무료하게 살았다
경기도 시민 몇 년이 되면서 친구를 보러 서울로 가
그의 옷과 가구들을 흘깃 보던 나는 다시 울렁거렸다
그가 내놓은 자몽을 먹을 줄 몰라 슬그머니 밀어놓았다
그날은 몹시 배가 고팠다
털 것은 모두 털어 서울 변두리에 헌 집을 샀다
한 달 내내 취해서 누웠다

경기도에서 쓰던 때 묻은 물건들을 버리고
서울 사람으로 서울에 어울릴 물건만 골랐다
아침이면 물건들은 제자리로 갔다
화물차의 시동이 걸리며 경기도의 변두리를 돌며 달리니
저만치 해태 동상이 우리를 쳐다보며

어서 오십시오 이곳은 서울입니다
그제야 화물차에 실린 짐들이 고물인 줄 알았고
우리 역시 고물이 되어 흔들리고 있는 것을 보았다
전투처럼 살아온 나날이 동여져 있어
저절로 한숨
서울은 자랑스러워 보여 나는 이내 설레고
눈물 몇 방울 들이마시며
서서히 서울로 서울로 진입하고 있다

도시는 추억이다

다리는 추억으로 있다
들떠서 손짓하며 습관처럼 한강을 기웃거리고
대머리만한 섬에는 새들 무얼 하는지 풀 몇 올 어슬렁
어둠으로 간다
사람 안 죽은 아랫목 없고 그 위로
다른 아랫목이 들어서고
어둠을 지나면 동대문을 끼고 차들은 시간처럼 내빼고
자, 이제 종로로 오르면 훌쩍였던 겨울
길었던 여름 잘 숨겨져 있어
사라졌던 사람들이 슬쩍 와서 툭 치고는
나를 남긴다
구두 소리 풀면서 멈추어
부대고기 해장국 햄 듬뿍 넣고 어쩌고
본가가 변한 선술집 앞에서
들어갈까 돌아갈까 할머니,
건물은 아뜩한데 골목은 펄떡거려
소금 쳐 구우면 잘도 생각나는 그리움들
사람들 따라 급하게 가고 급하게 되돌아오면
남의 집 남의 발자국 남의 몸뚱이 빌려
도시를 추억으로 눈물로 만든다
좋은 사람 만나 밥도 먹고
포장마차 뜨거운 홍합 국물 들이켜면
마음도 미움도 멀리 가서
횡설수설 밤 깊고

처음의 다리로 돌아오면 어두워
새들 아직 횡설수설인데
돌아보면 그리운 사람들 발 뻗고 누웠는데
허허벌판으로 가고 있다

구걸

날마다 사랑을 빼앗기고 있다 마르고 닳아
허리 굽혀 휴지로 살아갈 망할 세월
해는 어느 쪽에 박혔는지 모든 것 부스스하여
창밖 자주 보지만 나이든 사랑 별 볼 일 없어
부러지고 말문 막혀
사실 같은 사실 같지 않은 사랑 지천이어도
주워 모으기 어려운 사랑
바람투성이 거리
차 한 잔의 사랑 밥 한 그릇의 사랑 모여
내 몸의 수액 삼아
나는 오늘 늙지 않고 버틴다

검은 장갑

헤어지기 섭섭하여 망설이는 나에게
굿바이 하며 내미는 손,
잡지 못하고
태평로 버스 정류장에서 첫사랑 버리던 날
비겁하게 만원 버스에 실려가며
웃는 별 보고 사랑은 물귀신처럼 하리라
검은 장갑 밤마다 끼고 이별 연습
세월은 내 사랑 허물어 물방울로 남아
사는 일 헝클어질 때 적시어주었네
하고많은 이별
마음 상한 이별 더더욱 많아
장갑은 낡고 나도 낡아
세상마저 느슨해져
나를 속이고 나도 속았네
아프게 바라보는 이 있어
둘러보니 나는
태평로 버스 정류장 낯선 사람들 틈에 끼여
중년의 흐릿한 눈망울로 잠시
삭제당한 청춘 떠올리며
아무렇게나 살아온,
목이 메어
골목 한쪽 검은 장갑 집어던지며
도망치네

장미

흔한 장미 한 송이 놓고 나는 못 본 척했다
이구동성이 시끄러워
생활을 갈팡질팡 잊고 말았다
서로가 할일만 했다
누가 먼저였는지 눈이 딱하고
그의 농염을 본 것은
이미 꽃이 아니었다
알몸으로 벌써 농염이 빠져나간
헐렁한 알몸으로
그의 농염을 몸으로 보았다
여자의 모든 것은 여기에서 비롯되었으니까요
장미가 그랬다
인간다움이랍니다
장미가 장미가 아닌
절제된 몇 분을 나는 보았다 몇 분은 가버리고
꽃잎은 늘어진 질이 되어 노추가 시작되고
포기해요 내가 말했다
눈뜨고 있는 동안은 사랑이 필요해요 어긋남이 말했다
장미는 고개를 내리고 끝을 냈다
보여줄 것이 없을 때
우리는 가서
돌아오거나 돌아오지 않거나 한다
유리 속의 꽃들을 보며
그 장미를 찾아보았다

장미는 부활하고
장미로 죽어간다

내 집도 들어 있는

쓸쓸해져 아버지를 바라보았다 늙은 아버지의 뒤를 따라 허름한 한옥에서 펄펄 끓는 보신탕을 앞에 두고 소주하고 먹어야 된다고 아버지는 차례대로 네 딸에게 한 잔씩 부어주었다 국물만 먹다가 게걸스레 고기를 씹고 땀을 연신 흘리며 우리도 간이 부어 몇 잔을 들이켜고 벌건 대낮 빨갛게 취해가는 여름, 아, 아버지는 우리가 나이들기를 기다려왔구나 친구하려고 이처럼 늙어서 우리와 소주를 마시며 취해가는구나 아버지의 말에 우리는 쉬지 않고 맞장구치며 소주 한 잔 더 들이켜고 낄낄대고 땡볕에 취기는 더 올라 녹작녹작 늘어져 아버지를 앞서든 뒤처지든지 하였다 아버지는 하루씩 쇠하여가고 그와 같이 보낸 수많은 밤과 낮은 생각나지 않고 어쩐지 우리는 자꾸 아버지의 몸을 허물고 그 몸속으로 가고 있는 것 같았다 각자의 집으로 뿔뿔이 흩어져가고 나는 그 자리에 서서 아직 남은 취기로 아버지를 바라보았다 휘청거리며 내가 전에 살던 집으로, 그곳엔 아직도 내 이불과 밥그릇, 낡은 옷이 있는 한때는 나의 모두였던 이제는 쓰러져가는 집으로 아버지는 쓰러질 듯 가고 있었다 아버지는 한 채의 쓰러져가는 나의 집이라는 생각이 들었다

왜 불러

한창 일하고
그러나
이 세상을 뒷짐 진 아이처럼 갈 줄 아는 생의 한창때에
살아 있는 사람들에게 짐을 주고
우리는 간다

사랑에 속고

사랑이 올 때 눈에 몇 겹 씌워지는 무언가가 있어
달싹 붙어
명예도 하찮아지고
빈털터리가 되어도 좋을
세상은 아무것도 아닌
제대로 보이는 것 하나도 없어
서로에 예속됨을 확인한 한참 후에
비로소 제자리 찾고
비계 붙은 사랑 넓어지며
서로가 서로를 몰아
사육하는 사랑 질리게 하여
목 길게 빼고
간혹 들판으로 달리고 싶다
그러나 절망에 누워 있으면 그 사랑은 맨발로 와
한층 두꺼워지고
다시 생활의 무게에 매달려
목숨 같은 사랑 무심해가며
없으면 그리웁고
곁에 있으면 시들하여
새로운 것에 마음 빼앗기고
새로운 것은 늘 신선해서
소나기처럼 젖게 하지만
이내 말라서 날아가고
휘청거리며 돌아오면

문 앞의 그 사랑에 웅크리며 편안해져
쉴새없이 지껄이고 바스락거려

게 누구 없소

꽃으로 말하면 나는 찌그러진 꽃입니다
세상은 흔들흔들
그러면 살맛도 가버리고
몸은 줄어서 하루종일 둥둥 떠다닙니다
여기저기 부딪치다가 몇 사람 생각하고
전화를 한답니다
내색하기 싫어 헛소리만 자꾸 하면
알아들은 그가 외로움 닮은 목소리로
길게 길게 말하면 나는 짧게 짧게 대답한답니다
어느 깊이에 들어가 있을 때
내 발로 나오기가 설겅거리면 별짓을 다 한답니다
바다로 가 소금 절이거나
거리에서 바람이 되거나
혼자 짓입니다
내 밥은 같이 먹을 수 있어도
마음속 밥은 힘들어
혼자 꾸역꾸역
그 꾸역꾸역이 더 체해서
그럴 때 먹는 약은 시간이라고요?
세상은 고약한 것만은 아니었고
입 씻고
내일은 히히덕거리며 돌아다녀도
오늘 내가 망하면
보는 당신도 망하고

덩달아 세상도 망한답니다

난계 사당

호서루를 끼고 돌면 난계 사당이 심천을 바라보며
쿨쿨
박연은 어디쯤서 즐기던 피리 부는지
몇 겹 저쪽은 흐릿해 심천의 물 흐름 듣는다
마음 출렁출렁 담고

끼

근사한 남자를 보면
내 나이 아랑곳없이
건드리고 싶어
도무지 내 마음은 믿을 게 못 돼
붙들어 매둘 수가 없어
설렘과 수치의 자궁
치마로 감추고 거리로 나서면
사람들은 근엄해 모두 근엄해
나는 들킬라 더욱 뻣뻣해져
맥주 서너 병으로도 풀어지지 않아
취할수록 흐트러질까 고쳐 앉으며
처량해져
성균관 유생 나으리를 생각했네
남자는 세상과 함께 취하고
여자는 단지 혼자 취하네
저물도록 혼자 취하네

그것을 종이꽃이라고 부르고 싶었다

그 남자에게 만나야 된다고 말했다
멍청한 사람 우리는 밥을 먹고
공옥진의 병신춤을 보았다
그 남자에게 만나고 싶다고 나는 말했다
멍청한 사람 우리는 스카이라운지에서
핑크레이디를 마셨다
그 남자에게 만나도 된다고 나는 말했다
멍청한 사람 나는 혼자 앉아 있었다
다음날 나는 그 남자에게 말했다
멍청한 사람 그도 혼자 앉아 있었다고 말했다
그것이 우리의 한계였다
잠시 피었던 꽃
나는 종이꽃이라고 부르고 싶었다

따르릉,
연하장을 보낼까 해서 주소가 어디요,
지금도 짧은 머리 하고 다녀요?

청포도 사랑 1

낙원동 213번지 내 본적과 호주인 안경로 조부
서울시 한복판에 살며 충청도에 끼여 살며
전답의 풀포기를 뽑지 못하던 시간이 서서히 가던 어린 날
어둠 속에서 밀고 당기던 할아버지와 할머니의 이상한 손 싸움 그들은 안고 싶었던 게야
여름날은 드물게 파고다극장 골목길까지 펨프들이 흘러와 손님들을 낚아채고 내 끝없던 호기심
올망졸망 한옥 사이 골목은 좌우로 뻗어
젊은 여자들 핑크 잠옷 걸치고 대낮에 세수를 하던
종삼이라는 데를 그렇게 열람해버리고
저녁에는 길가의 점쟁이들
할아버지를 따라나선 파고다공원은
가무하는 여자들과 정치 말싸움 판이었다
팔각정 앞, 사람 둘러친 마른 남자는
늘상 청포도 사랑을 거푸 불렀다
할아버지는 저만치 가고 나는 뛰었다

청포도 사랑 2

공원 후문 꿀꿀이죽 파는 아저씨의 커다란 솥에는
서양 음식의 야릇한 냄새 넘쳐
지게꾼들이 돌아앉아 먹던 낡은 긴 의자
할아버지 사무실에서 삼촌들은 공부만 하고
학교 가기 싫은 날, 나는 인왕산에 갔다
여름 내내 지게꾼들은 한뎃잠을 자고
목에 차오르는 말들이 늦은 시간까지 이어지면
나는 내가 없어질 것 같아 두려웠다
쥐들과 통로를 같이하는 한낮
공원엔 가무로 사람들을 모으는 여자들
키득거리는 웃음
멀찍이서 바라보며 굳어가는 나의 성(城)
소화 몇 년에 지었을 구옥 건넛방에 누워
시간의 되새김질로 나의 특별한 운명
마하 삼천으로 날아갈 역마를 키워내고 있었다

청포도 사랑 3

옛날 옛날에 육백 석 치부한 형이 그믐밤 아우 불러
풀벌레 소리 아프도록 왈왈
이튿날 아우는 연락선으로 동경의 변두리에 버려지고
소금밭 부역꾼처럼 공부하여
할아버지는 민주 시민이 되어 돌아왔다
안채 베옷 즐기던 할머니의 지루한 양반 사설
조상들의 뼈 처처에 있어 다락문 열면
눅눅한 낡은 책에 끼여 미라가 되어 있었다
햇볕이 사라져가는 반쯤 열린 대문
낯선 사람들 흐르고
그 흐름 타고 도롱뇽 알 햇살에 녹여 삼키던
그들 뱃속에서 무엇이 되던
나는 어느 누구의 위 점액에서 양반 뼈 가시로 남아 있을까

겨울 아산호

아산호는 겨울이 깊다
사람도 없고 갈매기도 없고
얼음 아래 숨어서 고기나 들여다보는
한때는 바다가 출렁이기도 했을 아산호는
이제 버려져 있다
삽교호에 몸도 빼앗기고
덩그마니 침묵이나 듣고 있으면
그런 길을 터벅터벅 걸으며
침묵을 듣는 이가 아산호와 부딪쳐
번쩍 한배가 되면 서로가 불이 된다
그건 말이 안 되지,
모르는 척 돌아서

詩 한 수 팔아 몸 누일 곳 찾는다

풍기 가는 길

사람 말려 죽이는 세월 버리고
사과밭 하러 간다는 남자를 따라
그저 많은 것뿐인 서울을 두고
봇짐 하나 메고 가을날 길 떠납니다
물 깊은 충주호를 뒤로하고 월악산 옆구리를 돌아
우리는 사과밭도 잊어버리고
오메오메 단풍 물들것네
가다가 산 마시고 또 산 마시고
그래도 몸은 산이 안 됩니다
구부렁구부렁 지나치는 죽령이 무슨 흔적 같기만 한데
산비탈 아래 사과나무들이 다투어 붉은데
사실 처음으로 사과나무를 보았습니다
사과나무도 저를 쳐다보는 사람을
처음 보는가봅니다
붉어가는 소백산이 치맛자락을 들어올리면
스르르 살아온 무질서들이 여기까지 와
말은 끊기고 그저 산이며 길입니다
풍기를 지나치고 서천교를 지나
사과들이 서로 모여 거리로 쏟아져 나와
온종일 사람들을 기다립니다
허기져 시장통의 펄펄 끓는 된장찌개를 퍼넣는데
가을 파리도 들러붙어 먹어대고
살 것 같으니 그 남자 사과밭 보러 가고
반나절 멍청하게 멍청하게

어쩐지 만나야 할 사람
빈 버스 타고 누런 들판을 마구 달려
우습게 내게 몇백 원의 입장료를 받아내는
소수서원 문 앞에서 헛기침을 했습니다
이리 오너라, 이리 오너라
구척 소나무들이 내 입을 막고
적막이 나를 밀쳐내어 그래서 사뭇 떨려
여긴가 문 열어보고 저긴가
숨차라, 회현정 앞에서
나 왔어요 나 왔다니까요
처마 위에는 말벌집들이 가을 들국화처럼 흔들려
이리 피하며 저리 피하며
문 앞에 쇠창살을 달아 그의 얼굴 가까웠다 멀었다가
신발 신은 채 창살을 부여잡고
역광 때문에 잔뜩 찡그리고 보았습니다
나의 시조(始祖) 안향을 말입니다
사람들 발소리에 비켜나와
학구제(學求齊) 마루에 앉아 폭포 소리 들으며
그곳 다녀간 옛 학자들의 현판을 그저 멍하니
한문이라 더듬대다 막히고 도무지
나의 학문이라는 게 이리도 부끄러워
적막을 돌아서는데 소나무들이 우우우
정직한 시인이 되거라
나는 후다닥 회현정으로 뛰어갔습니다

돌아오니
그 남자 설익은 사과 색깔이어서
우리는 말없이 멀뚱거리며
걷다보니 사과밭으로 왔습니다
길을 사이로 사과밭이 길기도 긴데
그 사과들이 일제히 향을 내보내어
신물이 자꾸 울컥이는데
부석마을 지나 은행나무 숲이 아찔하더니
불태우는 단풍이 오래 취하게 만듭니다
부석사의 무량수전 뜰에 서니
소백산은 모든 걸 가려 사바는 없는 듯
무량수전에 목을 빼고 부처를 찾으니
부처는 오늘도 그저 부처입니다
석탑은 구석에서 터억 버티고
그 뒤로 의상을 사모했다는 선묘각이 두렵지만
문을 확 당기니 당나라의 바다 냄새
바다는 넘치고 내가 떠내려갑니다
무심한 사람들은 절간을 떠나지 못하고
누군가는 늘 살아 있습니다
그 남자는 아직 말이 없고
안양루 난간에 서 있으니 소백산 줄기가 나를 메우고
해는 어둑한데
흐트러짐 없는 젊은 스님은 아까부터 소백산을 굽어보고
나는 절을 떠나기 싫은데

행여 그는 사바가 그리운 건 아닌지
그의 마음으로 가는 길을 알고 싶습니다
돌층계를 내려가며 다시 보니 젊은 스님은 그대로이고
그 남자도 소백산에 마음 태우는데
어둠에서도 사과향은 다가와
며칠 그 냄새에 절어 사과에 지칩니다
시내는 불을 밝히고 사람들은 불나방처럼 덤비는데
우리는 헤매다 저녁도 거르고
술 한잔 꿀꺽 삼키며 둘러보니
많은 사람이 떠들며 웃고 있습니다
풍기에도 여전히 사람들은 허구한 날 마시고
사과밭 하겠다는 그 남자도 웃으며 내가 말야……
또다른 술집에서도 사람들은 무슨 말을 그리도 많이 쫒,
몇 집을 더 돌면 거리는 취기로 비틀거립니다
땅이 흔들리고
우리는 어깨를 싸잡고
세상 오래 산 빗자루가 어느 날 날기라도 하듯
그만치 살아내니 그가 남자도 아니고 나도 여자가 아닌
그저 사람인, 같은, 표류하는
늦은 잠자리를 두리번거리다가
아무렇게나 이불 깔고
눕자마자 코를 골거나 방귀를 뀌거나
그렇게 풍기의 밤은 시큼하게 흘러가고 있었습니다

자, 우리 무슨 일부터 시작할 것인가

사람들은 말하지
봄은 성큼 온다고
여름 또한 살짝 오고
가을 또한 낼름 와서
다시 한번 회춘을 꿈꿀 수 있을까
그렇게 말들 하지
처음 보던
새로운 숲을 걸으며 새로운 사람을 생각하며
낡은 것을 버리고
한 번도 보지 못하고 듣지 못하던 떨림
자, 우리 무슨 일부터 시작할 것인가

우리는 지금 끝으로 가고 있다

지도에서도 한동안 내려가 멀미하던
그곳은 그저 따뜻한 남쪽 나라쯤일까
길 떠나서
영암에 닿으니 월출산 천황봉이 속수무책
질려서 돌아보고 돌아보고
오늘도 영암 사람들은 안녕하신지
생각이 굽이굽이 넘어
해남으로 들어서며 코를 벌름거리며
서너 번 돌고는
난생처음 남창이라는 마을을 무사히 건너
땅끝 팻말 앞에서 잠시 서면
우리 삶의 끝과 시작은 얼마나 단단하게 동여져 있는가
시작인지 끝인지 모르며 오고가는
갈두마을의 땅끝여관이나
땅끝상회의 바다로 이어진 길이 속절없이 펄럭이며 산은
산허리로 길을 내어주고 발밑으로 까마득한 벼랑 아래
다도해가 간질거려
흐트러지지 않는 자연이 낯설어지고
나는 누구인가
바람은 거미줄처럼 엉겨붙어
바위에 걸터앉으면
대자연을 굽어보는 내가 대단한 것 같다가
바다는 끝이 없는데 나는 땅끝에 앉아
만지거나 느끼거나

해는 점점 붉어져서 더욱 나를 작게 만들고
혼자 우수수 흔들리면
서둘러 왔다 서둘러 가야 할 아무것도 아닌 미물
일어나 빨간 저녁해를 향해
엉덩이 바짝 치켜들어 담배 한 대 물고
어떻게 살아

불을 찾아서

군산을 지나 대야가 나오고 더 가면 죽산, 그곳은 풀바다가 널려 만경강을 지나면 국도만 남겨놓고 풀물로 있어 미식거리더니 누군가의 쌍무덤이 길가에 뻣뻣하게 서서 내다보네 깊은 시골 사람들은 낯선 이를 보면 어디서 왔느냐 어디로 가는가를 묻는데 그가 왜 무덤으로 누웠는지 잊고서 나를 묻네 부끄러워 변산반도로 숨어들면 시커먼 개펄이 끝도 없이 늘어져서 바다의 생채기처럼 그렁그렁 달려 있네 단단한 육질의 해송들이 바다를 끈삼아 바람과 겨누고, 돌아서면 목화꽃이 맥없이 아련하게 피고, 빨건 해에 담뱃잎이 타며 익어갈 때 담은 높아서 집안은 들여다보이지 않고, 웬 강이 앞으로 와서 어, 어제 읽은 책 속에서 이태백은 채석강에서 죽었는데 나는 지금 어디로 가고 있는 것인가 바다에 또다른 채석강이 있어 밤을 기다려 보름달이 뜨면 술 몇 잔에 취해 배를 타고 나아가 빈 낚싯대 든 적선인을 만나고, 대아같이 격조 높은 시가 안 나온 지 오래니 하며 탄식하던 그의 울분이나 덜어주고, 잠시 쓸쓸해져 침묵하면 폐가가 나를 보내네 유유교 지나 방목의 사슴들이 발소리에 우르르 숨고 길가의 초가삼간 노인은 막 담뱃대에 불붙이며 고개 빼고 돌아보네 다정한 사람아, 격포에서 내려 망연자실 서해를 바라보며 혼자 보기 아까워 두리번거리면 서해는 한발 물러가 있고, 바다 가운데 조그만 섬이 있어 흘깃 보고 누워 있다 놀라 다시 보니 부처, 눈 비비며 크게 보니 섬, 부처 같은, 장대 같은 비를 피해 내소사에 들

어가 한참을 기다리네 비는 쉬 그치지 않고

만경 평야를 걷거나 오래전 죽은 이를 찾아 나서 서해를 바라보고, 비를 피해 절로 뛰어들거나 그런 것들이 다 무슨 소용인가 무엇을 찾으러 떠났다가 매번 탈진해서 빈손으로 돌아오는가 며칠 후면 다시 짐을 꾸릴까

충주댐 방류 시작

장맛비 퍼붓는
꾸불거리는 충주댐 지나
비에 잠긴 월악은
풀풀 기침과 허연 입김을 불어낸다
산길을 더 오르면
황토물이 개울을 어지럽혀
이내 갇혀버림을 안다
산은 자꾸만 앞을 가로막고
지나치면
다른 산들이 빗물을 흘리며 다가온다
빗물을 툭툭 털며 안개에 잠긴 산
엉거주춤 어깨를 끼고 빠져나간다
농부는 밭을 내려다보고
논에는 물들이 그렁그렁하다

주흘산 팻말 앞에 잠시 서성이면
곧바로 비에 밀려 옥수수밭을 지나고
산을 옆에 끼면 월악이 된 낯익은 무덤이 있다
지난날이 길게 누워 비는 더욱 거세지고
즐겨 먹던 시래깃국이 생각나네
다정한 손짓도 멈추고 침묵으로 남아
비는 떠다니며 흔적이 없다

젖은 잡풀 사이에 서 있으면

비의 뿌리가 되고

그대에게

내게 갇혀 있는 아득한 사람
그때와 지금은 잠시인데
나는 듣지 못한다

지척에서
보낼 수 없는 수화(手話)뿐

너와 나
내일은 들판 헤매는
축생이 되어 만날까나

그가 아직도 나를 보고 있다

할아버지가
이 흙들이 소주병을 들고
혀를 길게 차며
어젯밤 꿈에 내게 왔다

다음날 고모부가 죽었다

며칠 내내 뒤척이면
할아버지는 내 앞에 풍경을 디민다
그들과 스치던 생시 속에 오래 놓아두고

나는 다시 편안해진다

내게로 들락거리며 암시하는 양반
그 양반이 두려워
양반인 체 상스럽게 살며 즐겁던
할아버지는 양반인 체 양반으로 죽었지만
어쩌다 진하게 말하고 싶은 살아 있는 사람이 아닌

소주 두어 병 들고 저쪽으로 건너가
실컷 주정이나 부려볼까

詩 내림 1

장작더미 옆에서는 개가 죽어가고
개밥은 엎질러져
나는 깊은 밤 어디엔가 적혀 있던
시를 읽어주고 있었다
울어대던 겨울 북풍을 피해가며
시들을 다 읽었을 때
나는 열네 살
시 하나 지으면 봄이 왔지
봄비 오면 라디오 수리점에선 대전발 영시 오십분
엿가락처럼 늘어지고
춘곤증 퍼지는 귀갓길
우리는 속절없이 낄낄댔지
실없이 잘 웃던 국어 선생님을 사랑했네
한동안 사랑했네

집으로 가던 길
낯선 사람들이 오랏줄로 묶은
병원에 근무하던 크레졸 냄새 밴 아버지
아버지도 몇 걸음 나도 비실비실
어서 집에 가거라
바람처럼 뛰었어

알 수 없는 것들이 지척에 돋아나고 근질거릴 때
누구에게도 묻지 않았네

내 크면 샅샅이 알아볼 테니까

詩 내림 2

대전을 떠나면서 부드럽던 땅이여 잘 있거라
돌아보던 역의 모퉁이
거대한 도시 나는 혼란스러웠네
도시에 살면서 촌놈이 된 내가
남는 시간 깊이깊이 빠졌네
세상은 무엇이었던가
대학을 두 해 미끄럼 태우고
거리에 나를 쑤셔박아놓고
나는 사라졌어
부유하던 시간이 오래일수록
자신에게 돌아올 수 없었지
돌아가지 못하던 겨울
몇십 년 만의 폭설이 오던 밤
그에게 갔네
난롯불 지글대던 여왕봉다방
순간들은 정지되고
함몰되어갈 내 첫사랑 회임했네
눈물의 울타리에 그를 가두고
아직 보내지 못했지
음울한 날에도 꽃은 올 줄 알았던가
사월
시를 쓰고 수업도 끝나면
길음동의 허름한 술집
무거운 이야기 안주 삼아 폭주를 했지

그런 밤이면 더럽던 개천을 끌어안았어
다리 끝에 서면 떠돌이별이 그득
젊음은 유기되고
거저 알게 되는 것 쉽게 오는 것
아무것도 없었어

꿈은 예사롭게 왔다가

초여름 산길을 두 스님이 걷고 있었다
벼들은 치맛자락을 펼쳐 보였고
배낭에 서너 켤레 짚신 매달고
북향의 절을 그가 손짓하며
내가 있을 곳이라고 했다
그 꿈에 연연하는 건 전생,
전생의 오후 같아 흘릴 수가 없었다
세번째 찾은 미륵사지 훑어가며
뒷길로 나섰다
미륵불 땅속으로 들어가 얼굴만 내밀며 웃고 있어
햇살에 부신 얼굴 쓰다듬고
감자꽃 피는 밭 가운데 오래된 사과나무
시간을 헤집어도 그저 낯익음
두근거리는 마음 돌아서면
길가에 누운 주춧돌 어지러움
비명 지르며 부서지는 폭포 소리에 떠밀려
절로 돌아오면 부슬비에 잠기고
저녁 예불 소리 마음 흔들려 떠나길 잊었는데
거대한 석불은 말이 없었네
석등을 지나 주지 스님 석불 아래 나무같이 길게 서서
조금 웃는데
온몸이 한곳으로 쏠려
다시 보니 그가 돌아섰고
한여름 밤 꿈인지 전생인지에서 손짓하던

몇 걸음 가다 찔레꽃 덤불 밑에 쭈그리고 앉아
세상에 세상에

하느님 고맙습니다

어제 우리는 적과 적이 되었는데
그를 무찌르고 싶었어요
적과 마주한 시간들이 어이없었으며
지난날은 모두 일방적이었지요
적이 이쪽으로 오면 나는 돌아섰고
서로 비켜 다녔어요
나는 친구들을 만났고
아무것도 모르는 친구는 떠들어대고
이것저것 물어봐도
나는 헛대답만 하다가
술만 자꾸 삼켰지요
친구는 말을 그치고
나도 멍하니 밖을 바라보고
술도 목메 잘 가라 하며 나왔지요
적은 신문을 보다 힐끗 보았고
나는 세수를 하며 몸을 털어버렸어요
세상 사람들이 때때로 적이 되는지
우리는 나란히 누워 잠자는 시늉을 해도
잠은 오지 않고
꼴깍
마른침만 삼켰지요
내가 적보다 세상을 더 뻔뻔하게 살아감으로
적의 어깨를 잡았어요
우리는 서로 안았지요

그와 세상을 버려선 안 될 것 같아
힘주어 안아버렸지요

조광조 유허비

그가 지나치던 고목 나도 지나치며
한문 빽빽한 비석 그 안에 전생을 구겨넣고
바래서
비석 뒤 외양간과 뒷간이 무심해 보이는
하늘은 낮게 내려와 있다

어느 날 보면 나무들은

땅은 혼절한 듯 엎드려 있고
그러면 나무들은 몸을 구부려
어느 날 보면 나무들은 숲을 부르고
숲은 자만을 불러모아
나무들은 느리고
그것은 견딜 수 없이 쇠잔하게 하여
어느 날 보면 들판으로 가기 두려워
땅속 뿌리 깊이 뻗어
나무들은 잎과 줄기로
꿈꾸고 세상에 기대어
어느 날 보면 나무들은
아주 드물게 드물게 벗어버리고
아 아 그는 자유였다

하현달

시골 유원지의 허름한 카페에 앉아
하릴없이
지나는 사람 일일이 붙들어 세워
묻고 또 묻는다
같은 입에서도 나오는 말은 서로 달라
커피잔도 한마디 하며 내게로 오고
냉수도 내게 말을 한다
낡은 그림 속에 돼지들을 집어넣으며
손을 터는데
귀를 때리는 유행가
정신을 차리니
먼지를 불리고 관광버스가 들어서면
밥풀 같은 사람들을 뱉어낸다
문이 열리면 주인은 급히 판을 바꾸어
모든 무료함 꼬리를 여미고
밥풀 같은 여자들은 뽕짝에
주린 세월
후회 없이 살련다 삐거덕거려
시간은 그들 편에 편승하여 수수방관
밤은 강풍으로
얼굴은 백치가 되어가고
시간은 잠겨지지 않아
누군가 정지시키면
어둠에 박혀 있던 관광버스 다가와

밥알같이 밀어넣고 떠나면
적막의 블루스만 남는 시골의 카페
뒷산의 소나무 숲
소나무 어깨로 하현달 비집고 내려와 있다

송광사

대웅전 뒤 대나무 숲에
바다와 파도가 있어
나는 내내 서 있었다

겨울 그리고 오후
마을 가까이
마을과 함께하는 절은
까닭 없이 눈물겹다

기울어진
대웅전을 떠받고 있는
일곱 개의 장대는 나한의 몸
고요와 침묵의 살갗으로
잠시 떠나는 몸짓만으로
사람들은 키워낸다
수절의 행위로
그들의 아미타를

겨울 그리고 햇살
툇마루의 노승은 졸고

4번 국도

4번 국도를 따라 영동으로 옥천으로
산꼭대기 송학사가 바람에 아슬하게 걸려 있고
곳곳에 퇴비들 쌓여 이른 봄 농부는 겨울을 턴다
공사중 위험 서행 촌부가 깃발 흔들고
봄은 위험

시인이 시인에게

이른 봄이었든가 ×시인이 누군가에게 보낸 편지 중간…… 병으로 몸을 웅크리며…… 그날 커피는 마시다 말았지요

어제 오월도 다 가는 오후 ×시인의 시를 읽고
늦은 밤 한동안 거실을 오락가락했지요
남의 절망을 한때의 내 절망에 삽입시키다보면 갑갑해서
갑갑해서 침도 못 삼킬 때가 있지요
오래 이 애매한 기분을 놔둘 수가 없어서 묵은 서랍을 뒤지다보니 시 한 구절이 답처럼 말하네요

아직도 울렁울렁 소리 내는 해골에 질척이면 물 마시며
어느 누구의 시름을 퍼마시고 나는 회춘을 잠시 꿈꾸었던가
이제 자유스러워져 세상에 비벼대면서
살아서 꿈틀대는 내 골 속에 물 담아
어느 누구 회춘을 꿈꾸는 이에게 나는 가까이 갈 수 있을까

오늘 ×시인도 경험중인 어제 그랬거나 한밤중 아니면
혼자 있을 때 찾아오는 죽음의 그림자
가슴 뛰고 냉수 먹고 안 돼 안 돼 병중에 있을 때
우리는 허수아비

아침이면 화도 내고 트림도 하며 말짱 거짓말 같은
세상은 삼겹살 같은
어느 부위에 진실한 삶이 끼어 있는지 모르지요
오랫동안 라즈니쉬에게 걸터 있는데
……………………………………………

그대의 날개를 펴십시오
두려워하지 말아요
아무것도 잃어버릴 것은 없습니다
……………………………………………

×시인 우리 모두 같이 살아요

도루묵찌개

겨울에 어머니는 언제나 도루묵찌개를 끓였지요
무를 썰어 넣어 얼큰한 찌개를 우리는 둘러앉아
퍼먹었지요
어머니는 국물이 맛있는 거다 국물이 맛있는 거다
오늘 나는 시장에서 도루묵을 별미인 양 사 들고 왔지요
아이들은 들여다보지도 않고 찌개는 식어
나는 국물만 몇 번 먹으며
나도 어머니처럼 국물이 맛있는 거다
말해줄 나이가 되었지만
나 아직 삶의 국물맛은 모르지요

카레라이스

월세방에서
간균에 전신 맡기던 가을
닭살 같은 오후였던가
각혈을 맨드라미꽃으로 붓던 뒤곁 아궁이
고물 사려 고물 사려 가위 소리
가난은 고리 없는 끈
원망으로 세상은 장마 졌네
그 밤 동생이 보낸 뜨거운 카레라이스
윗목에 두고 나 아직 손대지 못했네

촌부 가까이 와 소곤소곤
병 내밀며 아직도 울렁울렁 말하고 있는
해골에 질척이던 물 마시며
어느 누구의 시름을 펴마시고
나는 잠시 회춘을 꿈꾸었네
이제 자유스러워져
세상에 비벼대면서
살아서 꿈틀대는 내 골 속에 물 담아
어느 누구 회춘을 꿈꾸는 이에게
나는 가까이 갈 수 있을까
오늘

내일 내륙 지방 영하로 떨어져

등곶길의 부대 막사 구보하던 군인들 입가에는
눈꽃 흐드러지게 피어나고
철조망에 빨래처럼 널린 병사 하나
바람 소리 어리던 내륙의 소도시
찌들은 생선 굽는 그을음 굽이굽이 하늘로 보내고
버스 정류장에 모인 아이들은 버스 뒤에 매달려 떠났다
용감한 아이들은 한 정거장 더 갔다가
우중충한 신문사 건물을 지나
터덜터덜 돌아오기도 했다
그 무렵 우리는 새끼줄에 묶여
화성으로 잠입하기도 했다
어느 저녁은 호루라기 소리 다급해
헌병들의 군화 소리 사람 훑으며 뛰었고
플래시 불 길게 눕던 개천 속
더러운 수채의 살빛 얼음 기둥들
탈영병은 보이지 않고
눈부신 겨울이 똬리 틀고 있었다
어느 날은 개가 시들해져
보름달 밤에 어른 따라 가축병원에 가기도 하였다
돌아오던 길
성당의 십자가 굽어보았고
그림자들은 추운 바람을 일으키며 앞서가고 있었다
장작더미 옆에는 개가 죽어가고
개밥은 엎질러져

깊은 밤 어디엔가 적혀 있던 시를 나는 읽어주고 있었다

무정 그의 몸짓으로

운악산 뒷길로 들어서면 들판
들판 지나 철조망
철조망 지나 개울
개울 한편으로 소로가 있어
더 가니 서늘하다
섬뜩하여 두리번
나무에 걸린 종이 새
만신의 촛불들
개울 습기 마시며 흔들리고
엄습한 것 뒤덮여
가르고 갈 수가 없다
나뭇잎들이 바삭이더니
징소리로 다가와
발을 헛디디고
개울에 주저앉았다
내게 들킴을 당하려는 저쪽의 몸짓을
나는 헤아리지 못한다
바위 잡고 일어서던 내 손에 쥐어진 돌단풍 한 그루
두 해 꽃도 피우고 가을엔 잎도 흘리며
가까이 있어도
내가 알지 못하던 흔들림
말하지 않는다

진홍굴*

진홍왕은 왕위를 버리고 이곳에서 수도중
굴 앞에서 나는 두렵다
뺏뺏해져 뒤돌아보면
아, 저기 사람 사는 마을
거친 나의 욕망
억지 사랑
남아 있는 돈
먹다 남은 밥
아귀 같은 저 세상 나는 버리지 못한다
그립다

* 신라 진흥왕이 퇴위하여 수도함. 선운사 근처에 있으며, 진흥암자라고 한다.

청천에 가면

청천에 가면
뒷산 은행나무 위 정적으로 서 있는 백로떼
대대손손 백로로
귓가에 삼강오륜과 칠거지악 담고
서늘한 조선 여자로
허옇게 바랜 백로는
저녁 모깃불에 눈물짓는다
떠났던 새들은 돌아오고
돌아오지 않는 새도 더러 있어
사람들은 무관하게 경운기를 타고 돌아오거나
계곡으로 들어갔던 사람들도 서둘러 가면
청천은 청천 사람만 남아
저녁 치우고
머리 누이면
그제야 사람은 사람이 되고
숲은 숲이 된다
남모르게 청천에서
백로는 백로가 아닌
구구절절 여자 되어
이 산 저 산 헤매다
청천으로 돌아와
치마 벗고 깃털 달며
눈물 훔치는 새벽녘이면 일장춘몽으로 남겨질
고고하게 나무 위로 되돌아가는 백로떼

봄비

사람을 그리워하는 겨울 산에
봄비는 먼저 와야 한다
그래서 엉거주춤 비를 맞고 있는 사람들은
비를 비가 아닌 마음을 허물기 위한
탈곡기로 쓰고 있다
빗방울은 수천의 꽃잎으로 나와
수백의 안개꽃으로 눕는다
봄비는 도시와 다리
사람과 사람을 가까이하며
저 칙칙한 겨울 속으로 다이너마이트를 묻는다

전선야곡

아무 생각 없이 차를 타고 달리다 헉헉 숨막혀라
달아포구가 나오고 어선들이 둥둥 떠 있어 한가로운
어망을 잇는 여자들의 손놀림만 빨라지는
산을 넘으면 더는 못 가 망망대해를 바라보면
세상사 시름은 걷혀
남자 몇이 막걸리 서너 병에 멍게도 꿰차고
한려수도의 일몰을 보기 위해 오르면서
낯선 이에게 한잔 들고 가시지요
포구들을 지나치며 보내기 싫어 돌아보는 그 길이
나폴리라는데
내내 숨이 막힌다 그 길의 포구나 떠 있는 섬,
섬들이 시내로 들어서면 날은 어두워 오락가락하다가
늦은 저녁 먹고
턱 괴고 착 가라앉은 바다를 보면 수심 깊어진다
들려오는 뽕짝 소리에 마음이 먼저 가
사람들은 일본 노래를 부르고
남의 나라 노래인데 조금 지나니 우리 것 같고
화면에는 일본 여자의 벗은 허벅지가 나오더니
구부린 엉덩이도 나와 촌스럽게 눈을 세우며
정신없이 본다 엉덩이는 사라지고
사라지면서 창밖의 바다를 얼핏 보니
그곳은 전선이었으며
한산섬이 저긴데
마시던 술잔의 거품을 모조리 버리고

새로 가득 정갈하게 따라
문을 밀치며 전선으로 뛰어가
이슥토록 서서 이슥토록 서서는

밥 한 그릇

볏짚 썩어가는 밤
헛간의 정적은 유난한데
보일 듯 말 듯
감나무 옆의 어렴풋한 건
무엇이었을까
우물가에서
고사 지내던 할머니는
밥 한 그릇 되어 내게 왔을까

시월에 동남쪽에서 귀인이 나타난다

할머니는 그 말을 묻고 또 물었다
그 귀인이 어떻게 생겼는지
찾아오지 않았으므로 난 곧 잊어버렸다
또 커서는 누군가 그런 것에 매달리면
바보라고 말해주었다
우리 위에는 어른이 있고 그 어른 위에
더 큰 어른이 있어 우리는 억압되고
무엇이 될까 물으면 황당해져
수십 가지 직업이 되풀이되었다
나이들어 엉망인 어른도 있다는 걸 알고
나이든 사람 우습게 보여 천방지축 날뛰면
그런대로 세상은 비켜주었다
순리 무시하고 힘만 주며 빠져나가려 하다 삐끗하고
아물기 전에 넘어지고 고꾸라지고
그제야 한발 뒤로 물러나
세상이 내 뜻대로가 아님을 알았다
조심스레 매달리던 일 때문에
그 생각만 하다 발을 헛디뎌 주저앉아
다시 일어서는데
아, 나는 누군가를 기다리고 있었구나
버스를 타고 있거나 사무실에 있거나 어디에 있거나
귀인을 나의 치유를 위해 귀인을
나 누군가에게 한 번도 귀인이 된 적 없었지만
나는 그저 묻고 또 물었다

문학동네포에지 055

붉은 구두를 신고 어디로 갈까요

초판 인쇄 2022년 9월 23일
초판 발행 2022년 10월 3일

지은이—안정옥
책임편집—김동휘
편집—김민정 유성원 권현승
표지 디자인—이기준 최윤미
본문 디자인—이원경
마케팅—정민호 이숙재 김도윤 한민아 정진아 이민경 우상욱
정유선 김수인
브랜딩—함유지 함근아 김희숙 고보미 박민재 박진희 정승민
제작—강신은 김동욱 임현식
제작처—영신사

펴낸곳—(주)문학동네
펴낸이—김소영
출판등록—1993년 10월 22일 제2003-000045호
주소—10881 경기도 파주시 회동길 210
전자우편—editor@munhak.com
대표전화—031-955-8888 / 팩스—031-955-8855
문의전화—031-955-2696(마케팅), 031-955-8875(편집)
문학동네카페—http://cafe.naver.com/mhdn
인스타그램—@munhakdongne / 트위터—@munhakdongne
북클럽문학동네—http://bookclubmunhak.com

ISBN 978-89-546-8895-6 03810

www.munhak.com

문학동네